GIG… SAURUS™

N'aie pas peur, BILL !

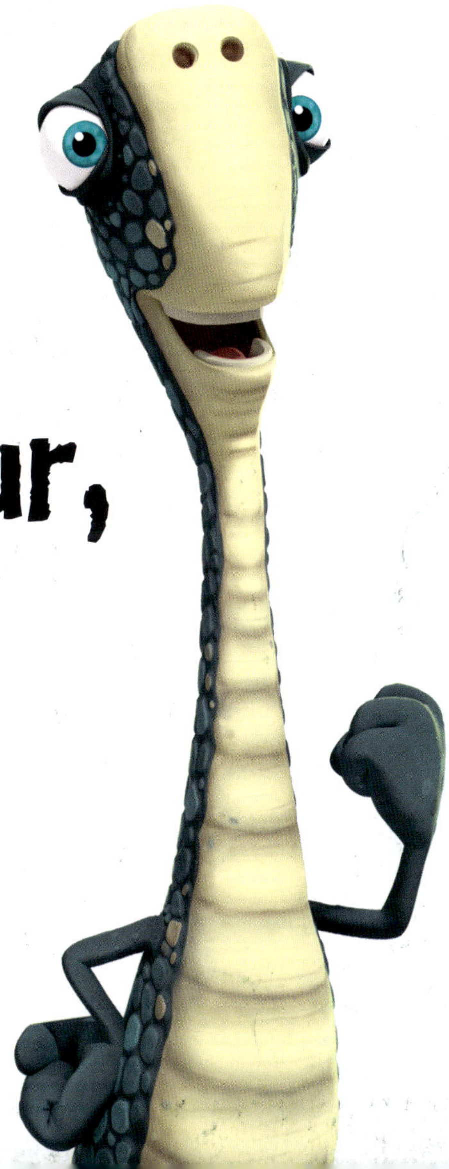

Larousse Jeunesse

Cet ouvrage est l'adaptation française de *Dream big, Bill*,
issu de la série télévisée *Gigantosaurus* – épisode *Petit Bill deviendra grand*.
Scénario de Cécile Polard.

La série télévisée a été créée et produite par Cyber Group Studios.
Personnages originaux créés par Jonny Duddle dans l'ouvrage *Gigantosaurus*,
publié pour la première fois par Templar Books en 2014.

Cette édition a été publiée en 2020 par Templar Books, de la société Bonnier Books UK,
The Plaza, 535 Kings Road, London, SW10 OSZ.
Adaptation Harriet Paul. Design Dynamo Ltd et Adam Allori.

21, rue du Montparnasse – 75006 Paris

ISBN : 978-2-03-593572-4
Dépôt légal : mai 2020
325801-01/11043761 – avril 2020
Imprimé en Espagne par Estella Graficas

Direction de la publication : Sophie Chanourdie
Édition : Magali Corbel
Traduction : Emmanuelle Kecir-Lepetit
Suivi artistique : Guillaume Dupont
Mise en pages : Pascale Darrigrand
Fabrication : Rebecca Dubois

Conforme à la loi n° 49-956
du 16 juillet 1949
sur les publications destinées
à la jeunesse.

BILL adore les **noix de coco** :
c'est son plat préféré ! Il en a
caché **10** dans ce livre.

Sauras-tu les retrouver ?

Le héros de cette histoire est **BILL**,
un petit brachiosaure qui a peur de
tout. Il a hâte de grandir pour devenir
un GÉANT, car pour l'instant il est
surtout LE PLUS GRAND des froussards !
Mais quand il apprendra que même
le plus TERRIBLE des dinosaures
a lui aussi été petit (et peureux),
alors TOUT va changer
pour lui...

Tous les ans, Bill, Mazu, Tiny et Rocky s'amusent à mesurer leur taille en laissant une petite marque sur la paroi de pierre, à l'extérieur de leur repaire. Cette année, Bill est particulièrement excité à l'idée de découvrir à quel point il a grandi.

Hélas, Bill n'a pas le temps de se réjouir. Au même instant, le sol se met à VIBRER. Boum, boum, des pas ÉNORMES se rapprochent et une ombre gigantesque apparaît sur le mur !

Vite : Bill plonge sous une feuille pour se cacher ! Il a beau avoir un peu grandi, il a toujours peur de beaucoup de choses – en fait, de presque TOUT ! Mais il y a une chose qui le terrifie encore plus que le reste : c'est GIGANTOSAURUS !

Recroquevillé sous sa feuille et tout tremblant, le petit brachiosaure entend alors une voix familière saluer ses amis. Ouf, il s'est trompé ! Ce n'est pas Giganto qui arrive pour le manger. C'est juste Grand-mère Ayati !

Ayati est connue pour sa sagesse. Elle est toujours prête à écouter les confidences des petits dinosaures. Bill lui avoue ses tourments : comment faire pour ne plus avoir peur de Giganto ?

Ayati le rassure :
– Un jour, tu seras aussi grand que moi et tu n'auras plus peur. As-tu envie de grimper sur ma tête pour voir l'effet que cela fait?

Bill a dit oui ! Oh, là, là... Au début, il est effrayé de se retrouver si haut. Mais, bientôt, il commence à trouver ça amusant. Ses amis, restés tout en bas, ressemblent à de minuscules fourmis.

— Regardez-moi ! crie-t-il en leur faisant signe. Je suis GÉANT !

Depuis son perchoir, Bill peut contempler la savane à perte de vue. Des ptérosaures le frôlent en volant ! Il aperçoit même son troupeau qui broute à l'horizon : c'est rassurant.

À son retour sur la terre ferme, Tiny, Mazu et Rocky l'interrogent : ils ont hâte de connaître ses impressions.

— C'était fabuleux ! J'ai même vu Giganto et je n'ai pas eu peur ! raconte Bill.

Le petit brachiosaure prend alors une grave décision : il veut grandir TOUT DE SUITE ! Mais comment faire pour devenir grand RAPIDEMENT ?

Même Giganto a l'air riquiqui, vu de là-haut !

Ayati a une idée.
— Quelque part dans notre pays, il existe un dinosaure qui connaît TOUS les secrets pour devenir grand. Va le trouver, il pourra te renseigner…

Bill ne veut pas perdre de temps. Avec ses copains, il part aussitôt à la recherche de ce mystérieux dinosaure.

Il y a juste un souci : les quatre amis n'ont pas la moindre idée de ce à quoi le Dino-mystère peut bien ressembler ! Tiny aperçoit alors un drôle de buisson, en forme de dinosaure géant.
— C'est peut-être lui ? s'écrie-t-elle.

Bill prend une grande inspiration et s'approche avec précaution du buisson. Son cœur bat très vite, mais il essaye d'être courageux, pour une fois :
— Euh... excusez-moi... êtes-vous le Dino-mystère ?

Un drôle de dinosaure a surgi du fourré, couvert de feuilles de la tête aux pieds.

– Je jouais à cache-cache ! leur explique Marsh, le stégosaure.

Marsh a beau être plus jeune qu'eux, il est déjà beaucoup plus gros. Il doit connaître un tas de secrets pour grandir : peut-être est-il, SANS LE SAVOIR, le Dino-mystère ?

Bill est en train de se poser la question quand soudain, Rugo, le minuscule ruganodon, jaillit de son terrier, juste sous leur nez. Effrayé, Marsh pousse un cri strident.

Bill est surpris.
— Comment un dino aussi GROS que toi peut-il avoir peur d'une créature aussi PETITE que Rugo ? demande-t-il.
— On peut être grand et continuer à avoir peur de certains trucs, rougit Marsh.

Ce stégosaure n'est certainement pas le Dino-mystère ! Bill et ses amis lui disent au revoir et s'éloignent pour continuer leur recherche.

Après avoir marché un bout de temps, les quatre amis parviennent à l'entrée de la Caverne aux échos. Entre les pierres hérissées, leurs yeux fouillent l'obscurité quand, soudain, un grondement sourd RETENTIT dans les profondeurs.

– Dino-mystère, est-ce toi ? appelle courageusement Bill.
– Ça se pourrait bien... bien... bien, lui répond une voix dont l'écho, en ricochant sur les parois de la grotte, fait s'écrouler plusieurs pierres.

Une silhouette se détache alors d'entre les ombres...

– IGNATIUS ? s'exclament les quatre amis, soulagés de reconnaître encore une fois un copain.

– Mais tu es bien trop petit pour être le Dino-mystère ! ajoute Bill.

– Ça ne me dérange pas d'être petit, lui rétorque Ignatius.

– Je me demande si on le trouvera un jour, ce Dino-mystère ! soupire Bill, en repartant. Les quatre amis ont à présent orienté leur recherche du côté du grand lac.

Tout à coup, une vague ride la surface de l'eau, et une tête affreuse aux dents hérissées émerge des flots !

C'est TERMY, la plésiosaure ! Pourrait-elle être le Dino-mystère ? Il est vrai qu'elle est GRANDE et quelque peu intrigante !

Bill rassemble une fois de plus son courage pour demander à Termy si elle connaît les secrets des géants.

– Si tu veux que je te les dise, va falloir t'approcher PLUS PRÈS ! lui répond Termy, en se léchant les babines d'un air gourmand.

Bill, sans se méfier, s'avance vers la rive...

... avant de s'arrêter brutalement. Il vient de réaliser ce que Termy est en train de faire.

– Hé, tu essayes de me piéger ! râle-t-il. Je tombais peut-être dans le panneau quand j'étais petit, mais plus maintenant !

– Oh oh ! Je vois que mon petit Bill chéri a bien grandi ! Je ne pourrai donc plus jamais m'amuser à te croquer ! soupire la terrible plésiosaure en lui lançant un regard admiratif.

Et, essuyant une larme, elle replonge sous l'eau.

— Termy se trompe :
je suis encore tellement
petit ! se plaint Bill.
— Ce qu'elle a voulu dire, c'est
qu'être grand n'est pas juste
une question de taille.
On peut aussi grandir dans
sa TÊTE, lui explique Mazu
en se tapotant le crâne.
— Très juste ! approuve
Rocky. Surtout que,
d'après Ignatius,
avoir un grand corps
n'est pas toujours un
avantage dans la vie.

— Marsh nous a aussi appris que même lorsqu'on est grand, on CONTINUE à avoir peur de certaines choses, remarque Tiny.

Tout cela est bien joli, mais Bill, lui, veut toujours découvrir le secret pour devenir un géant. Il décide donc d'aller chercher le Dino-mystère du côté du canyon.

Les quatre amis ont marché vers le canyon. Et là, au sommet de la falaise, ils ont la surprise d'apercevoir, de l'autre côté du ravin...

GIGANTOSAURUS!

Giganto pourrait-il être le Dino-mystère? se demande Bill. Après tout, il en connaît un rayon, question taille!

– Giganto EST bel et bien mystérieux, assure de son côté Mazu, après avoir consulté sa Gigantopédia. Nous avons beaucoup à apprendre de lui.

Sur la falaise d'en face, Giganto a posé sa grosse patte par terre, dans la poussière, puis il a fini par s'éloigner. Mazu repère une forme étrange sur le sol, à l'endroit qu'il a piétiné. Elle sort sa longue-vue pour l'observer plus attentivement.

Rocky, Bill et Tiny regardent par-dessus son épaule. Mais ils sont bien trop loin pour pouvoir distinguer quelque chose.

– Même avec ma lunette, je n'arrive pas à bien voir, finit par grogner Mazu. Il faut s'approcher !

Après avoir franchi un pont de pierre, les quatre amis se retrouvent de l'autre côté du précipice et découvrent, gravées dans le sol, de nombreuses empreintes de pas. Elles vont de la plus petite à la plus grande – exactement comme les marques qu'ils ont inscrites sur le mur de leur repaire, pour mesurer leur taille !

Bill place son pied dans la plus gigantesque des empreintes, celle que vient de laisser Giganto.

– Je suis MINUSCULE par rapport à lui ! gémit-il.

– Oui, mais regarde la plus petite, lui dit Rocky en tendant le doigt vers la toute première empreinte située au début de la ligne.

Bill pose sa patte dessus : c'est exactement sa taille !

Bill réalise que Giganto a un jour été aussi petit que lui !

Aussitôt, les quatre petits dinos se dépêchent de quitter le canyon pour retrouver Ayati. Bill a hâte de lui raconter tout ce qu'il a appris.

— J'ai découvert qu'être grand n'est pas toujours facile à vivre et que cela n'empêche pas d'avoir peur. En plus, on ne grandit pas seulement du dehors : le plus important, c'est de grandir dans sa tête, de l'intérieur, dit-il en se tapant le front.

En prononçant ces mots, Bill comprend qui est le Dino-mystère...

Mais Bill n'a pas encore raconté le meilleur secret de tous à Ayati :

— Un jour, JE SERAI aussi grand que Giganto ! Mais cela va juste prendre un peu de temps.

Et ce n'est pas grave ! Entouré de tous ses amis, Bill sent qu'il va pouvoir encore patienter un bon moment.

Ce jour-là, Bill a appris qu'il n'y a pas de solution miracle pour grandir rapidement. Devenir grand demande du temps, et il y a beaucoup de choses à apprendre en chemin. À présent qu'il sait qu'un jour il deviendra aussi IMMENSE que Giganto, Bill n'est plus si pressé... Il va pouvoir continuer à s'amuser en attendant !